PN

Collection H. M. L...

Henri Michel Levy

Tableaux Anciens

ET MODERNES

PASTELS

PARIS — 1905

IMPRIMERIE DE L'ART

CATALOGUE

DE

TABLEAUX ANCIENS

ET MODERNES

PASTELS

ŒUVRES DE

R.-P. BONINGTON, CALLET, G. COQUES, A. COYPEL, DANLOUX,
CL. GILLOT, N. DE LARGILLIÈRE, M.-Q. DE LATOUR,
N. MAAS, PRUD'HON, D. TENIERS, R. TOURNIÈRES, ETC., ETC.

Provenant de la Collection de M. H. M. L...

ET DONT LA VENTE AURA LIEU

HOTEL DROUOT, SALLE N° 9

LE JEUDI 25 MAI 1905

à quatre heures

<table>
<tr><td>COMMISSAIRE-PRISEUR</td><td>EXPERT</td></tr>
<tr><td>Mᶜ PAUL CHEVALLIER</td><td>M. JULES FÉRAL</td></tr>
<tr><td>10, rue Grange-Batelière</td><td>7, rue Saint-Georges</td></tr>
</table>

EXPOSITION PUBLIQUE

Le Mercredi 24 Mai 1905, de une heure 1/2 à cinq heures 1/2

CONDITIONS DE LA VENTE

Elle sera faite au comptant.

Les acquéreurs paieront *dix pour cent* en sus des enchères.

Paris. — Imp. de l'Art, E. Moreau et Cⁱᵉ, 41, rue de la Victoire.

DÉSIGNATION

TABLEAUX
ANCIENS ET MODERNES

BERGHEM
(NICOLAS VAN)
(Haarlem, 1620-1683)

1 — *Têtes de Chèvres.*

Etude.

Bois. Haut., 20 cent.; larg., 21 cent.

BLOEMEN
(PIERRE VAN)
(Anvers 1657-1720)

2 — *Scène de Cabaret.*

Au premier plan, un fumeur, un villageois
tenant un broc et un petit garçon coiffé d'un chapeau de feutre sont réunis devant une haute
cheminée. A droite, des ustensiles de ménage.
Signé en toutes lettres.

Toile. Haut., 50 cent.; larg., 65 cent.

BONINGTON

(RICHARD PARKES)

(Abnold, 1801-1828)

3 — *Plage à marée basse.*

Des bateaux de pêche sont échoués sur la grève.
A gauche, dans le lointain, une ville et le clocher
d'une église.

Toile. Haut., 34 cent.; larg., 45 cent.

BONINGTON

(RICHARD PARKES)

4 — *Paysage d'une vaste étendue.*

Au premier plan, des bergers gardent leurs
moutons; à droite, le clocher d'une église.

Toile. Haut., 41 cent.; larg., 60 cent.

BONINGTON

(RICHARD PARKES)

5 — *Un Canal, à Venise.*

Des gondoles sont amarrées aux embarcadères.
Dans le fond s'élève le campanile de Saint-Marc.
Signé à droite en toutes lettres.

Toile. Haut., 30 cent.; larg., 23 cent.

BONINGTON

(Attribué à R. P.)

6 — *Intérieur de Ville italienne.*

Toile. Haut., 32 cent.; larg., 23 cent.

Phototypie Berthaud, Paris

BONINGTON
(Attribué à R. P.)

7 — *Port de l'êche.*

Des bateaux sont échoués à marée basse. Des
marins se reposent des travaux de la pêche.
Toile. Haut., 38 cent.; larg., 34 cent.

BOURGUIGNON
(JACQUES-COURTOIS, dit le)
(Saint-Hippolyte, 1621-1676)

8 — *Combat de Cavaliers et de Fantassins.*
Bois. Haut., 53 cent.; larg., 80 cent.

CALLET
(ANTOINE-FRANÇOIS)
(Paris, 1741-1823)

9 — *Flore et Zéphire.*

Esquisse.
Toile. Haut., 29 cent.; larg., 34 cent.

COQUES
(GONZALÈS)
(Anvers, 1614-1684)

10 — *Portrait d'une Dame hollandaise.*

Représentée à mi-corps, en corsage noir, large
collerette à tuyautés rigides, une coiffe blanche
sur ses cheveux blonds.
Bois de forme ovale.
Haut., 11 cent.; larg., 9 cent.

COYPEL
(ANTOINE)
(Paris, 1661-1722)

11 — *Vertumne et Pomone.*

Gracieuse composition décorative.
Toile de forme ovale.

Haut., 1 m. 13 cent.; larg., 84 cent.

DANLOUX
(PIERRE)
(Paris, 1753-1809)

12 — *Portrait de Jeune Fille.*

Assise sur une chaise, elle est vue à mi-corps, les yeux fixés sur le spectateur, le bras gauche accoudé, et tenant à la main un livre entr'ouvert. Les cheveux bouclés et pendant sur la nuque, elle est vêtue d'un corsage de soie vert, décolleté, un fichu de gaze blanche est posé sur ses épaules.
Toile de forme ovale.

Haut., 58 cent.; larg., 47 cent.

FRAGONARD
(JEAN-HONORÉ)
(Grasse, 1732-1806)

13 — *La Charité romaine.*

Esquisse de son voyage en Italie.

Toile. Haut., 28 cent.; larg., 27 cent.

(Vente Ph. Burty, 3 mars 1891.)

12

FRAGONARD
(Attribué à J.-H.)

14 — *Le Reniement de saint Pierre.*

L'apôtre est agenouillé sur une marche d'un
temple à colonnes, en robe grise, entouré d'un
manteau jaune, il joint les mains et regarde un
coq qui chante, à gauche, sur un socle de pierre.
Dans le fond, des hommes d'armes.

A droite, on lit une signature : *Frago.*

Cadre en bois sculpté.

Toile. Haut., 34 cent.; larg., 22 cent.

GILLOT
(CLAUDE)
(Langres, 1673-1722)

15 — *Les Comédiens ambulants.*

L'un d'eux, vêtu de noir, est monté sur un âne
et bat du tambour. Au centre, Gilles s'incline son
chapeau à la main.

Cadre en bois sculpté.

Toile. Haut., 88 cent.; larg., 65 cent.

GUDIN
JEAN-ANTOINE-THÉODORE
(Paris, 1802-1880)

16 — *Pêcheurs au bord de la mer.*

Effet de soleil couchant.

Signé à droite.

Toile. Haut., 26 cent.; larg., 34 cent.

JEAURAT
(ÉTIENNE)
(Paris, 1699-1789)

17 — *Jeune Garçon en buste*.

Les cheveux bruns bouclés, le visage souriant :
il porte un habit gris.

Toile. Haut., 35 cent.; larg., 28 cent.

LARGILLIÈRE
(NICOLAS)
(Paris, 1656-1746)

18 — *Jeune Femme en buste*.

Toile. Haut., 45 cent.; larg., 35 cent.

LE NAIN
(Ecole des)

19 — *La Marchande ambulante*.

Toile. Haut., 63 cent.; larg., 72 cent.

MAAS
(NICOLAS)
(Dordrecht, 1632-1693)

20 — *Portrait de Femme*.

Assise dans un parc, en corsage blanc décolleté,
elle retient de la main gauche une étoffe de soie
lilas, drapée sur son épaule.
Signé à droite en toutes lettres.

Toile. Haut., 43 cent.: larg., 32 cent.

MOREAU
(Attribué à LOUIS)

21 — *Vue d'un Parc.*

Des personnages gravissent un escalier de pierre.
Au premier plan, des objets de jardinage sous
un toit de chaume.

Bois. Haut., 23 cent.; larg., 29 cent.

PORTE
(ROLAND DE LA)
(Paris, 1724-1793)

22 — *Légume et Bassine de cuivre.*

Cadre en bois sculpté.

Toile. Haut., 63 cent.; larg., 78 cent.

POURBUS
(FRANÇOIS, dit le JEUNE)
(Bruges, 1545-1581)

23 — *Buste de Femme.*

Coiffée d'un bonnet, une collerette autour du
cou.

Cadre en bois sculpté.

Bois. Haut., 35 cent.; larg., 30 cent.

PRUD'HON
(PIERRE-PAUL)
(Cluny, 1758-1823)

24 — *Portrait de Jeune Femme.*

Vue à mi-corps, de trois quarts à gauche, le visage souriant au spectateur, assise devant une table sur laquelle elle croise les mains. Les cheveux bruns, bouclés sur le front, elle porte un corsage de tulle blanc découvrant le cou et laissant les bras nus. Un fichu de couleur amarante est posé sur ses épaules.

Haut., 58 cent.; larg., 45 cent.

PRUD'HON
(Attribué à P.-P.)

25 — *L'Ame délivrée.*

Une jeune femme ailée, drapée dans un manteau rouge, s'envole en levant les bras au ciel. Ses pieds sont liés par des chaines à un serpent au corps noué sur la grève où une vague approche poussée par l'orage qui obscurcit l'horizon.
Cadre en bois sculpté.

Toile. Haut., 35 cent.; larg., 25 cent.

RUBENS
(École de)

26 — *Danaé.*

Debout, près d'un lit garni de soie rouge, elle reçoit la pluie d'or.

Bois. Haut., 47 cent.; larg., 33 cent.

24

RUBENS
(École de)

27 — *La Chasse aux buffles.*

Haut., 1 m. 16 cent.; larg., 1 m. 53 cent.

TENIERS
(DAVID)
(Anvers, 1620-1690)

28 — *Singeries.*

Un singe, debout dans un paysage, semble
exhorter ses congénères qui font cercle autour de
lui. Dans le ciel, Jupiter assis sur un nuage.
Signé à droite du monogramme.

Bois. Haut., 24 cent.; larg., 34 cent.

TOURNIÈRES
(ROBERT)
(Caen, 1668-1752)

29 — *Portrait d'un Gentilhomme.*

Vu à mi-corps, en habit gris brodé d'or ouvert
sur un jabot de dentelle, un manteau rouge drapé
sur l'épaule.

Cadre en bois sculpté.

Toile. Haut., 76 cent.; larg., 58 cent.

TOURNIÈRES
(ROBERT)

30 — *Portrait d'Homme en buste.*

Étude.

Toile. Haut., 39 cent.; larg., 31 cent.

VERNET
(JOSEPH)
(Paris, 1797)

31 — *Grotte au bord de la Mer.*

Au premier plan, un pêcheur en veste rouge, assis sur un rocher.

Toile. Haut., 24 cent.; larg., 32 cent.

ZIEM
(Beaune, 1822)

32 — *Œillets et Muguets.*

Étude sur carton.

Haut., 18 cent.; larg., 28 cent.

ÉCOLE ANGLAISE

33 — *Pêcheurs sous une grotte.*

Toile. Haut., 34 cent.; larg., 73 cent.

ÉCOLE VÉNITIENNE

34 — *Le Christ descendu de la croix.*

Toile. Haut., 36 cent.; larg., 33 cent.

PASTELS

BOZE
JOSEPH,
(Martigues, 1746-1826)

35 — *Portrait de Femme âgée.*

En robe bleue et bonnet blanc.
Pastel de forme ovale.

Haut., 54 cent.; larg., 45 cent

LATOUR
(M. QUENTIN DE)
(Saint-Quentin, 1704-1788)

36 — *Portrait du Maître.*

En buste, coiffé d'un bonnet de soie noire, la
tête tournée vers la droite, les yeux fixés sur
le spectateur.
Etude au pastel.
Cadre en bois sculpté.

Haut., 59 cent.; larg., 30 cent.

ÉCOLE FRANÇAISE
(XVIIIe SIÈCLE)

(Deux pendants)

37 — *Jeune Fille tenant une marmotte dans une boîte.*

38 — *Petit Garçon accoudé sur une cage.*

Gracieux pastels : d'une brillante exécution, digne de Fragonard.

Haut., 40 cent.; larg., 31 cent.

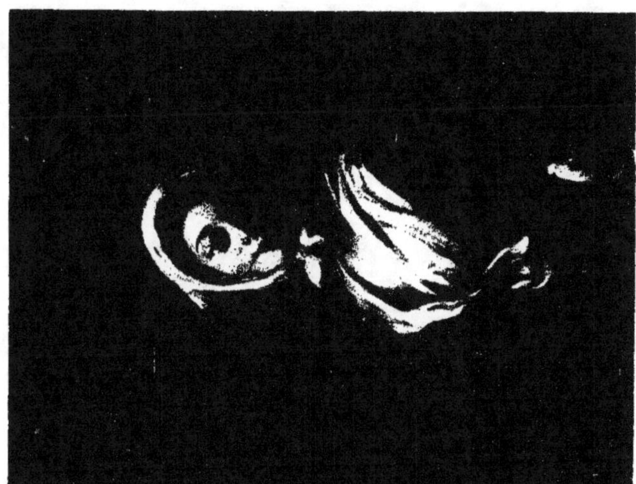